KB128035

사랑해요...
말에 몸살이 나
추스를 수 없을만큼

바른북스

사랑해요...
말에 몸살이 나
추스를 수 없을만큼

장정환 시집

한 사람을 추억하게 되면,
모든 이를 만나게 된다.
_인연 中

오래 글을 써왔습니다.

그 시간 동안
사람이라는 각진 글자를
사랑으로 둥글게 다듬어도 보고,

노을이 지고
밤이 찾아오는 풍경들에 대해
이야기하고 싶었는지 모릅니다

그렇게 혼잣말처럼 내뱉고
다 담지 못한
자투리 마음 한 켠을

편지처럼
꾹꾹 눌러 적어봅니다

누군가의 마음에
몇 글자 쓰여질 때까지.

지은이 올림

목차

펴내며
읽으실 때 참고 사항

1부
사랑

2부

사람들

3부

이야기

4부
풍경

5부
노을

6부
자투리 글

◆ 읽으실 때 참고 사항 ◆

테마 내에서도 기승전결처럼
시의 차례들을 기획한 책 구성입니다

이에 일부의 시들은 책을 펼쳤을 때,
한 번에 다 들어오지 않을 수 있습니다

각 시들이 차지하는 페이지의 수가 다르고,
좌우 면을 다 읽고 나면
다음 장으로 넘겨야 하는 책의 구조적인 특성 때문입니다

이 점을 최대한 보완하려 했으나
부득이하게 다 갖추지 못한 부분을
너그럽게 이해해 주시고
보다 시집 구성의 전체적인 흐름들을 살펴봐 주시면
감사하겠습니다~

1부

사랑

'사랑'.

연인 간 애틋하고 절절한 연애담뿐만 아니라

누군가를 그리워하고 아파하는 마음들도

사랑의 다른 모습이라 여겨져 이 장에 수록했습니다.

하나, 둘...
비를 세어봅니다

내리는 빗줄기만큼
생각이 나니까요

중간에 잊어버려
다시 헤아리기도 하고
이따금씩 방울들이
굵어지기도 합디다

실은,
셀 수 있었는데
틀리게 세고 있었습니다

처음부터 하늘은
맑았으니까요

— **첫사랑**

— 항상

운명이 어디로 데려갈지
두려운 생각이 든다면,
나를 바라봐요

그러면 내 눈 속에서
두려움은 초점을 잃고
한 사람의 아름다움만
비칠 거에요

여기 계절을 달려
비가 오는 곳엔
웃으며 같이 맞을 것처럼,
차가운 눈 내리는 역은
따뜻한 겨울을 속삭이다보면,

우리 가는 열차에
닮은 표정으로 잠이 든대도
하루도 곁을 내어주지
않을까요
미소 지으며.

인생의 순간에
처음 본 느낌과
그 날의 환희와
영원을 담아
얘기할래요

그리 될거라고,
그렇게 하겠다고.

삶에 루트라는 지붕을
얹으면 사랑만 남듯이,

시의 제목을.

— 긴 여행

1998년 6월 13일.

그 날,
나까지 사라져버렸으면 좋았을 것을.

실종의 반대말은
죽음일지도 모른다는 두려움을 안고,

언젠가 지갑을 잃어버린 적이 있어
알고 있던 걸 기억해내지 못할 땐
머릿 속이 하얘지지만,
정말 중요한 걸 놓고 왔을 땐
검어지던 걸 기억해.
매일 잃어버리고 있나봐
너를,

나는 재가 되어버릴만큼 찾는데
너는 내가 보고 싶지 않은걸까
그래서 날 찾지 않는걸까

오늘도 너의 초상이
바람이 데려가려하듯
펄럭이고 있었어

2014년 11월 29일
여고생에서 숙녀가 되어있을
내 딸 서영이에게...

* 위 글은 실종된 가족을 찾으려
누군가가 내건 현수막을 보고 나서
쓰게 됐던 이야기입니다.
글을 다 쓴 후에 어떤 죄책감이 들기도 했습니다.
타인의 감당 못 할 큰 슬픔을
혹여 창작의 소재로써 이용하고자 했던 것은 아닌지
되물었으니까요
또한 이 글이 어쩌면 그분들께,
작게나마 헤아림과 위로의 말을
건네 드릴 수 있진 않을까 바라면서요.

하루빨리,
그리고 무사히
만나게 되시기를...

— 결실

사랑은 뭘까
그게 소유의 고상한 표현이라면,

왜 아름다움은 시들지 않건만
시든 꽃은 꺾지 않을까

어떤 꽃은 망가질수록
아름답다 말해도
사람들은...

다른
예쁜 꽃은 거기 있었다
그리고 지금은 아무데도 없이
바람에 잎새 몇 장,
향기 두 모금 실려 온다

아— 어쩌면
그래 어쩌면,
호기심 많던 아이가
잠자리를 손에 쥐다
이내 놓아주듯이

사랑도
시듦도
그리고 그 꽃도
꺾지 않고,
우리가
대신 아프려 했다면
열매를 가질 수 있었을까

— 우편번호 10-04

여기엔 자상한 사람들뿐이에요
그래서 질투가 나니까,

그런 이들만 모인 것 같네요
일부러,
오늘따라
내 주변을 따라.

알면서
철없이 묻고 싶은데

이 모를 질투를
사는 법을,
그리고 안부를.

나와 달라도
무뚝뚝해도,

아니 아무 말 없어도
다 좋으니
저렇게
같이 앉아 마셔요

그 정도는 해줄 수 있잖아요
그냥,
그냥..

나는 이 쓸모 없는 글자들을
불 속에 집어넣고
저 재들을 얼마나 사랑했는지를
피어올립니다.

떠나
보내는 사람
— 아버지.

* 피워 올립니다...라는 말이 맞는 거겠지요

표준어는 아니지만,

피어나는 헌화의 뜻도 담아보고자 쓰게 되었습니다.

— 열병

칼집은 칼을 품으나
닳게 하고,
칼은 뭐든 베어버려도
그 집은 그러지 못하는 것처럼
당신은 나를 조련하고,
나는 당신을 애증합니다

물에도 취하는건
쓰라린 내 마음 탓이려니,

비틀대며 끓으면서도
온전하게 가누려는 것은
당신께 가는 길만 넓어져
멀어보이지 않기 위함입니다,

그러니 뜻대로 하소서
어찌 부름을 거역하겠습니까
제 멋대로 날뛰는 듯하나
온순한 늑대 앞에
성난 양일뿐이오니
요행을 바라는 몸짓에
이변이란 없는 것을.

사랑합니다,
사랑해요...

말에 몸살이 나
추스를 수 없을만큼.

— 꽃말

조화에 물을 줍니다

벌레가 끼면 안 되는 까닭에
정성껏 돌봅니다

하루는 가지를 치고,
고운 흙이 담긴 화분에도
옮겨 심었네요

잊고 지내다 생각날 쯤
다시 찾아 가꾸지요
오늘 보니 무척 많이 자랐네요

이젠 제가 가꾸지 않아도 될 것 같습니다,

그 것의 향기가 저를 지웁고,
수고는 제 몫이나
열매는 저의 몫이
아니기 때문입니다

이렇듯 내게 당신의 꽃말은
지지 않는 사랑입니다

─ 정

가지 말아요
붙들어 맬 수 없다 해도
그래도 가지 말아요

어째서 못다한 이야기들에
귀 기울여 듣지를 않았고
그럼에도 뭐라 말해야 할지
할 얘기가 너무 많아 입술은
서러웠던 건데...

숱한 이별들 가운데서
또 다시 낯설어하고
우리들 추억만이 시려요,

만나지 못한다 해도
기약해줘요
이따금씩 그 기억에
서있을 테니,

보고 싶을 때
보고 싶다 말해버리면
너무 보고 싶을 땐
어떻게 해야 할지 모르겠으니까
제발.

— 옛사랑

그리움을 주웠다.

주인을 알고 있지만
역시,
쥐어줄 도리가 없다

그 사람도
누가 갖게 될지 알고
거기 떨어트렸기 때문이다.

— 산책

여보
그 때를 기억하실지,
좋았던 시절.

비켜간 세월이 아쉬워서
이마 우에
흘러간 강을 새기셨소

우리 다른 가지에 났더라도
한 기둥 아래서
마르나 궂으나 함께였듯
꼭 맞잡은 두 손 놓지말고
같이 가십시다

꽃이야 피고 지우소만,

가을이 아름다운건
낙엽들 때문이라오.

2부

사람들

주위에서 저마다 외모와 나이, 직업들은 다르지만

나와 같이 길을 걷는 '사람들'을 기록하고 있습니다.

— 하루

거울을 본다
남자 하나가.

아침은 봉지 저은 커피,
수건으로 제 몸 한번 닦곤
가방 멘 채 현관 밖엘 나선다

첫차를 타고
물론 막차를 탈 때도 있고.

작업장에 가면
남자는 기계를

닦고, 나르고, 밀고, 바르고, 돌리고 조이고 긁어내고,
쌓아 올리면서 버리고, 부수고, 고치고,
차버리고,
이기고.

사이엔
빵과 우유를 사기도 하고,
점심 때 식당을 가 두 코스 중 골라 배불리 먹는게
한가지 낙인데
그럴 때면 휴게실에 누워 사색을 해본다

알람이 남자를 깨우면
그는 일어나 다시 기계를

닦고, 나르고, 밀고, 바르고, 돌리고 조이고 긁어내고,
내리면서 버리고, 부수고, 고치고,
치이고 버티다
패배하고.

끝 종이 울릴 때까지
밤은 별처럼 찾아와 작업복에 얼룩져있다
근처 포장마차에 들러
꼼장어와
컵엔 어묵국물,
소주 몇 병 가슴팍에 까서
시름도 후회도 딱 저만큼의 배수구에 흘려보내곤,

걸음 옮겨
집 앞에 다다르자마자 널브러진다
눈 감아도 불빛들은
잠들지 않는 새.

현관의 거울이 본다
말 모르는 술친구가,
내일의 남자 얼굴을 비추고 있다

─ 한 명의 책

일 년 출판되는 책
○○○○○권,
그 해 베스트셀러
○○권,

누군가의 시집이
후자가 될 확률,

을 계산하다 여자는
돈이 없다.
잠 못 이뤄
꿈을 꾸지 않는다

탄식하다가
억울한 듯 하늘을 보며... (,)

불현듯

쓰디 쓰고, 또 쓴다
별 박힌
미치광이처럼
원고로 눈동자가
쏟아졌다.

대강 내용은 이랬다
'잘난 시인이 아닌
평범한 시를 살고 싶지 않아서였다'
검은 변명 하나,
'그 전에 시가 너무 많이 울지 않았으면 좋겠구나'
흰자 둘.

이윽고 동이 트고,
"작업복을 입어야지 작업복!"
퀭한 눈으로 공장엘 나서면

어항 밖의 펜은
숨가쁘게
살아있었다.

100%
졸릴 것이다

— 어떤 계절

봄,
눈 있던 자리에 꽃들은 싹을 틔우고
불모의 황무지는 초록빛으로 연모한다

도로 위로 아지랑이 피어오르는 새,
한 명의 벽 같던 사람들 차림도 제법 화사해져
정류장의 풍경은 이제 돌담이라 부를 수 있을 거 같다

거기까지다
그런 식물과 인간이 모여 살지만
숲에는 겨우내 시린 아픔과 슬픔이 박혀있다
여전히 세상은 드넓고,
거길 다 채우고도 넘칠만한 눈물들이 흐르고 있다

아득한 배차 시간이다
저마다의 전광판을 보며
올지도 모르는 계절을 하염없이 기다리는데,

우리는 알아야한다
버스가 없거나 자기 차례에 이미 떠나갔을 수도 있음을.

허나,
남겨진 이들이 모여
차디찬 눈물조차 뜨겁게 붉힐 수 있음을 알고 있다면

서로가 서로에게 줄을 지어
봄이라 부를 수 있을 것이다

─ 막노동

짊어진 하루,
내일을 지을 수 있다면.

장차 여기 사는 주인만 아니더라도
오가며 내가 지은,
내 집이라
부를 수 있을지
언제쯤이면.

잔 가에 비치는 불빛에
그림자도 젖어들고

취한 그림자가 웃다가
비틀대다가
밖으로 나가
밤을 마중한다.

별도 살 집이 있는데
밤도 매일같이 나오는데
저
높은 밤은 어디에 살까
낮은, 나는?

아 나도 바쁘고 싶다

오늘도 어제였나
긴 그림자런가

밤이 너무 무겁다
가벼운 이 잔에 살리라

— 청소부

거리가 까만 이부자리를 펴고
저 마다의 사람들도
댁에서 그가 했던 것처럼
같은 몸을 뉘일 때,

녹색 별들은 내려온다.
이 곳에서 저 곳으로
옮겨다니며

땅이 토해낸 것.
생선더미를 가까이한 손이 역해질수록,

향기는 멀리 피어났다
가시를 발라내는 장미처럼.

간밤은 알고 있겠지

낮의 이빨들이

썩지 않는 건,

어제의 솔들이 바빴기 때문이란 걸.

별들, 안녕히 주무세요

― 안개 도시

집을 나선다
천 조각으로 입을 가린 채.

바깥도 다를 반 없다
사람들은 웃을 때 입을 가리지 않아도 되고,
얼굴의 반은 비추지 않아도 되지만
미소는 더 이상 볼 수가 없다.

칼 대신 휴대폰을 든 강도처럼
버스는 지나가며,
기침을 하는 이는 유력한 용의자라
태우지 않는다.

각자의 전장에서
2미터 반경의
흐릿한 적군을, 동료를, 친구를,
이웃을.

의심하고 또 경계하며,

모두가 종일
패잔병이 되어서야
집에 돌아오면

복면을 벗고
하루를 털어보다,

잡히지 않던
숨을 쉬어보는 것이었다.

— 시장에 가면

밥 때가 됐다.

장을 보려다 그냥
자리에 앉아 칼국수 하나 시켰는데
모둠전도 몇 개 주신다
그래서 막걸리를 홀라당 시켜버렸다.

처음 밖에서 혼자 술도 먹으니 기분도 나고,
원래 좋아하던 사람 구경—

저 할미 손잡고
쫄랑
쫄랑
여동생이랑 따라 나와
뒷짐에 파란 어린이집 가방 멘 남자 아이는
초코바 하나 들어
뿔뿔뿔

가게 이모에게 갖다 주고,
서운할까봐선지 공평하게 옆의 사장 이모한테도
남은 하나 마저 쥐여 준다.

이모도 질 수 없어 팔고 있는 것들 중,
남매가 좋아할만한 떡볶이를
꼬지와 함께 그릇에 내어주면,

손주 할머니가
"얘가 정이 많아서 그래요,
에고 얘가 매워서 요고 먹을 수 있으려나 모르겠네
집에 가서 씻어 주야나"
말하는 고 뒤로,

가게 이모는 어느새 아이와 서로
꼬옥
안고 있다
"맘이 너무 이뻐서 그래"
...
행복해하는 모습을 보는데

왜 내가 눈물이 다 나려는지
칼국수가 너무 맵나?
아니 맑은건데..
역시 막걸리 때문인가

아 글쎄 이렇게 무신 감상에 젖다가도 내 옆에선
자리 한번 요란하게 일어나는 아저씨 하나 있었는데

그 아저씨한테
욕 한사발 먹고 남겨진
친군지 형님동생인지 모를
맞은편 또 아저씨
멋쩍은 듯 괜히 혼잣말 하는데,
"저 양반이, 돈도 잘 벌어 그래도!
아나 근디 계산할 때 되니까
어영부영 시비걸고 난리네, 싯팔 것이,"

이렇게 왕년의 회장님 사장님들 친목 다지다 쌈나는,
싼맛에 시켰다 양 보고 주인 주머니 생각해야는,

있는 사람 · 없는 사람
힘든 가정 소탈한 행복,
아 말도 많고 양도 많아 탈도 많은
맛있는 이야기.

방앗간, 이불집, 쌀가게
그리고
안 팔리는 옷집 등등..
늘 정리가 덜 되어있고
오는 길목도 낡고 허름하지만,
할머니의 뒷모습과—
아버지 얼굴 같은 풍경들..

을 구경하고 있자면,

빈 속 채우러,
또 그 곳에 갈 것 같다

사람이 그리워
시장으로 오는 아이처럼.

— 산보 2

내가 사람이라는게
도무지 싫어질 때가 있다

그렇지만 살아보겠다고
거리에 불을 켜
비릿한 밤을 밝히고
자리에서
음식을 튀기고
저물어 아득한 잠이 들면서
새벽은 연어처럼 거슬러
다시.

또한,
보답을 바라지 않거나
돕는 사람들 속에서
그러한 사람이,
어쩐지 사람이라는게

미워할 수 없다는 생각이 드는건

내가 길을 걷는 사람이라서,
착하고 나쁜 두 광장을
헤매는 것만 같아서.

* 파블로 네루다의 시 '산보' 중 제목과 첫 구절만 인용하였습니다.

3부

이야기

'이야기'에는

이미 실재했거나 있을지도 모르는 일들에

여러 어조를 빌려보았습니다.

— 희곡

사수의,

입가에 패인 자국은
시위의 선들이 담기기에
들어맞으니
긴장을 동여맨 골무 낀 손으로
오만의 연통 중에
하날 집어

땅— 긴다
감정의 활,
놓는다
그걸 잡은 두 손이 나가
떨어질 때까지.

마침내
깃 없는 굳은 촉은
무대를 가로지르고,

4막 5장.
사수는
사과를 향해 겨눴지만
앉아있는
그 심장들은
채 가 닿기도 전에
꿰뚫리어 버렸거나
오색 과즙으로 흐르거나,

화살은
아직도 날아가곤
했다는 이야기.

— 시인 세계

이제 하늘은 유리알처럼
얇아져 달은 만만해 보이고,
해는 나른한 것 같더이다

취하다 죽어도 좋을 영감의 술독을,
들개처럼 파리날리며
기분 좋은 광기에
열광하다가도

혹여 그것이 깨어질까
간절하나마
미약한 기도를 드리는 것은 축복이자
영원한 저주이니

완전히 병을 막을 약만을 취하다

그 약에 앓는 병이

돼버린 건 아닐는지,

온전하게도.

맨정신으로.

— 거울

내가 눈을 감아도
그댄 날 보고 있을까요
난 당신이 눈을 감는 모습을 보고 싶어요
내가 눈을 감아도
난 당신 생각하니깐
그댄 어떤가요?

난 당신의 배려에 반했어요
가위 바위 보를 할 때
이기지 않는 아량과
지지 않는 그 용기를
존중해요

내 안과 밖에 티가 있을 때
속상하지 않게

몸소 가르쳐주는,
친절한 당신!

악수를 청해도 날 잡아줘요
항상 뿌리친 적 없죠
재치 있는 그 손으로.

이쪽 세상은 힘겹긴 해도
살만해요 재미도 있고
거긴 어때요 지낼 만 한가요
이 창을 보고 있지 않을 때
당신은 무얼 하고 있는지
궁금해서 그래요

그럼 다시 볼 때까지 안녕!
(손짓하며)

아참, 거기에도 거울이
있어요?

─ 유령의 식탁

나는 천천히 흐려진다
그러고선 이 곳에 영원히
죽는다

내릴 정류장을 일부러
지나쳐본 이는 알 것이다
당황하는 목적지를 보며
조소 짓는게 얼마나
짜릿한 가를,
설령 그 곳으로
되돌아가지 못한다 해도.

그리하여
나를 향해
차린 양식을
내가
채울 수가 없을지어도

주인 없는 끼니를 탐하는
산 자,
그 눈빛들을
음미하는 건

이 몸,
주린 영혼의 정류장이다.

* 햄버거를 먹으러 간 적이 있는데,
어떤 테이블에
햄버거 세트 메뉴만 덩그러니 차려져 있더군요.
그것도 둘씩이나.

30분이 지나도
그 테이블의 주인은 나타나지 않았습니다.

― 이상

철없는 아비가
피우던 담배를,

뺏어 짓이기는 아이야
묻고 싶구나

말없이 고픈건
끼니만이 아니라고.
흩어질 연기가
마냥 해롭진 않다는
이 변명,
이 사치를
어렴풋이 알게 될 때에

네가 나를 닮았느라고.

― 권태

방바닥에 떨어진다
물을 틀어놓고
싱크대에 다이빙 하듯이,

그러고선
눈을 감는다.
잡념은 밀려와 가닿곤
잦아든다 파도치듯

숨쉬는걸 잊고 사는 것처럼.

생각을 하지 않는 길을
걸었다
아무도 없다는걸
저만치서 응시하고,
내가 어떻게 숨을 쉬는지
들어보려고.

가만히 화석이 되려고
발버둥 치는 사내가
발견되었다.

― 낡은 옷가지

문득 올려다봤어.
날 가지런히 개고나서 네가
흐뭇해하는 것 같아서

왜, 많이 늙었냐?
요새 머리도 한 올 한 올 빠지는 것 같고,
푸석푸석해.
햇빛에게 자리를
조금씩 내주고 있지만 어쩔 수 없지 뭐
그래도 내 얼굴에 썬크림은 질색이야

가끔 날 통에 구겨넣어
죽을랑말랑 물고문을 해도
괜찮아
더럽다 말은 그래도
다 내 생각해서 그러는거
아니깐

아닌가? 크크

그러고 보면
너가 꽤나 업고 다녔네
하늘이 어떤 표정을 짓던 간에
그게 어디든,
니 지인들도 많이 봐왔고,
날보고 너 인줄 알아보는
사람들도 있던 걸

앞으로 어쩔 생각이야?

날 버리지만 않는다면,

네가 바래져가도 나는
함께 할 생각이야
이미 니가 많이 묻어있거든.
이 정도면 나름 괜찮은
보디가드 아니었나,

야~ 니 생각은 어때?

"흠 어디보자...
오늘은 중요한 날이니까~
아, 이걸로 입어야겠다!"

— 수기

나의 머리 속, 그러니까
정확히 이마부터 정수리
안쪽으로 추정되는 곳엔
감옥이 있다

여기에 가둔다, 나를.

이 곳엔 간부와 나,
둘만 있다.
그는 목에 거울을 쓴 얼굴이다.
일단, 그의 채찍질이 시작되면
나는 거부할 수가 없다.
여기서 죄수에 대한 고문은 금지되어 있지만,
나는 불행히도 마조히스트다.
채찍을 쥔 그의 얼굴이
일그러지는걸
견딜 수가 없는건

내가 오히려 그를 고문함이리라
기지개를 펴는 순간부터
하품에 스러져 잠들 때까지
매일.

다 그만두고 탈출하고 싶었고,
그를 설득하기도 해봤으며,
한 명 밖에 없는,
저 늙지도 않는 간부새끼와
끝도 없이 혈투를 치뤘었다.
하지만, 그의 목을
쥐어뜯듯이 죄여올때면
그는 이상하게도 더 강해졌다.
그래서 매번 비기곤 했다.
어떤 때는 파랗게 질려오는
그의 숨통을 끊지 못하고
힘이 풀려버리는데
나도 모르게 어느새 그와
정들어버렸기 때문인가 하는
미친 상상도 했다

몇 해쯤이나 됐을까

이 곳에 수감된지..

나는 도대체 무슨 죄를 저질렀길래

풀려날 줄 모른 채

지금도 날 비웃고 있는

저 기분 나쁜 낯짝과 마주해야하는가

여기서 풀려나면

저 찢어발겨도 시원찮을 놈을

똑같이 이 곳에 가두고 싶어지지만...

상황이 상황이니만큼

좋은게 좋은거 아니겠는가

내 바람은 소박하다

그가 얼른 사디스트가 되어

웃는 모습으로 질책 받을 수 있기를

희망한다.

그렇게 된다면

나를 어쩌면 풀어줄 수 있을 것도 같은데

너무 큰 바람인가 하하

— 손금

손바닥엔 운명이 그어져 있다고 했다.

그 사람의,

위장은 어떻고
천잰지 바본지
성욕은 얼마만큼
무슨 일을 해야 하는지
또, 인기가 많은 사람인가를 등등의

아주 많은 이야기들을..

그래서 나는
그 가련한 면들을 어루만지고
외로울 선 하나
두 손 모아 만나게 해준다면

이 불필요한 행동도
내 작은 지도 위에
점 하나 지나고 있냐고.

— 시간

살인자,
그 창으로 강철도 꿰뚫고
이내 증발하리

그가 주는 약을 물도 없이
삼킨다

아이가 백골로 되는 약.
모두 한 줄로 서서
자기 차례만 기다린다

그는 분명히 있다
보이지 않으며,
무취에 들리지 않고,
맛보거나 만질 수도 없지만

느낄 수 있다
가장 오래됐으면서
새롭다는 걸
항상 날이 선 채로.

누가 낳았을까
죽긴 하는걸까

저 내달리는 마차 앞에
절벽을 둘 수 있다면,

그저 빠른 말을 잠재우며
느리게 달랠 뿐.

시간은 그대를 쌓으며
죽음이란 작품을 조각하네
그대라는 모래를 한 알도
흘리지 않으며,

이 치열한 조감도는
우리가 보려 들지 않을 때
그려지는 전설이 있다

그러니 무기를 들라
녹이 스는 서슬일지라도.

사라질걸 알면서도
아직 살아있다.
이 습관은 무기의
주인이다

4부

풍경

'풍경'은 말 그대로

자연의 주된 모습과 우리 일상에서 마주치는 정경을

액자 속에 담아보려고 했습니다.

— 동심

아이는 은행이 좋았더랬다

샛노랗게 뛰놀며
뒹굴곤 했고,
잎이 부는걸 보며
바람이 진다고 했다

반대로 얘기했다고 생각했지만,
그건 사실이었다

아이는 가을을 붙잡고,
나는 가지 끝에서
물이 들기만 기다릴 뿐이었다

— 장밋빛 인생

마담께선
가시 돋친 덤불 위로
발모가지가 잘릴 듯이

피투성이 되어도
우아하게 일어서는데

왜,
아름 딴 소리 피어날 적
저릿하게 파고드는지
왜...

주저앉아 나는
내게 어떤 물을 줘야할지
지고 말았네

* 이태원역 1번 출구에서 에디트 피아프의
   'Non, Je Ne Regrette Rien(난 후회하지 않아요)'
   라는 노래를 부르시던 중년 여자분을 감명 깊게 보며
   썼던 글입니다.

— 예술

네 시간.

이젤 앞엔

아무도 앉지 않는다.

그래서

물감을 챙기고

의자를 접고,

가격표를..

담는다

한 장,

뒷모습을 그려주고 싶었다.

시가

소묘가 될 수 있다면,

그가

나와 밤과 쓸쓸함을

그려주던 것처럼.

― 길 위의 잠

어미새 품에 안겨
알처럼 웅크렸다

삶은 이리저리 찢겨지다가도
어린 아이 품에 안기듯
안식을 얻는 거라고,

사라지는 연기처럼
잠시
지독한 배역을 맡은거라
믿으며.

그 때까진 바람은 괴로운 벗이나,

아― 어쩐지
계절은 지지 않고,

그네 마음만 흩날리네.

비에 젖어 쓰라린 채,
날갯짓을 기다리는 새가

나인줄도 모르고.

*   거리에서 옷가지를 싸매고 먹을 것을 드시던 어르신이 생각납니다.
    그땐 낮이었지만, 밤이 되면 어느 변두리에서 잠을 청하실 거 같은 차
    림 때문에 마음 한 켠이 쓸쓸해졌습니다. 별다른 도움을 드리지 못하
    는 제 스스로가 조금 미워지기도 했구요.

— 감정

가슴 속에 파도가 인다.

희,
 로
  애..
   락

이름 붙여진 물결들이
고요하게,
때론 사납도록
해안가를.

그래도 바람은 또 어디선가 불어오지만

그 위에서
모래성을 짓고,
푸른 거품에 부서짐도 끌어안는게

사람이 섬처럼 느껴질 때가 있다.

.

― 옥탑방의 화가

너는 매일같이 물감을 짠다
겉보기엔 유리창 크기지만
들여다보면 가늠할 수 없는
캔버스 위에.
방범창살 밖의.

그러나 하늘아
너는 나를 그리고 있었단 걸 안다
그때그때 다른 마음의 빵을
사식으로 잊지 않았다는 것도.

무한한 자유가 죄목인 너를 가두기엔
감옥은 버겁구나,

너는 가끔
음울해진 젖은 몸으로
오후의 따스한 빛으로
찾아왔다 놀러왔다

이 장막이 걷히면
네가 으스러지도록 비비고
부둥켜 안아보고 싶구나
이 창살을 갈거나
제 명이 다할 쯤이면
그래볼 수 있을까나

아— 옆방의 벗이여
이 감방의 방랑자여
갇힌 적 없는 탈주범이여!

— 미장센

그것들은 짐이었다
놓여지기 전까지는.

그 후엔 소리없이
분주해지는데
이 때는 믿을만한
무게만큼이나,
연기로서.

참을 수 없는
작위의 배열들 속에

배우는 질식한다.
이상하리만큼 편안하고
미학적인 공기를 거닐며,

감정 속으로.

어느새 우리도 놓여져 있었다
보고 들으면서.

— 비

누가 그의 정원에서
빨래를 짠다
음울— 슬픔 등이 얼룩진
하늘색 셔츠의 땟물.

이걸 보는 것만으로도
도시는 더욱 희게
광활한 숲은 선명하게
젖었다

이제 너는 부재했지만
잘려나간 깃은 허공에서
아직 더 해지고 싶어했다

깨달은 나는
딱딱한 펜을 부여잡고,

너만큼 탁해질 종이 위에
네 정수를 검게 효도하고 싶어라

미소한* 나는
진한 너이므로

흙에게 버림받고
네게서 길러진.

* 미소하다 : 아주 작다

― 방울 소리

남자는 밥을 먹고 집에 걸어오는 길이었다

그러다 마주쳐

'어쩌다 너도 참..'

흰 고양이가,

떨어진 거리만큼이나
시선은 가깝고 침묵은 길게
서로 다른 짐승의 눈을
살펴보았다.

"부릉!"
멀리서 오토바이 소리가 들렸다
정적을 깨며 옆집 대문 사이로
놀란 눈송이가 피었다,

.....

"잘 살아!"

모르게 혼잣말을 내뱉은 남자는
주변을 의식한듯 고개를 돌려 살폈다
아무도 없었다.

그 사이
고양이는 어둠 속으로 달려갔고,
남자는 왠지 모를 쓸쓸한 표정을 하며
반대편으로 걸어갔다

가다 길이 희어졌다.
그건 가로등 불빛 때문만은 아니었다
머언—데서

딸랑 딸랑

선명한 게 발을 잡아끄는 까닭이었다.

— 퇴화

자리에 누워서
푸른 벽지, 천장을 바라보면

추락처럼 보여질 수 있을까.

여기선
신선한 생것은 아니었지만,
힘들이지 않아도
그때그때 부스러기 구할 수 있었고,

그게
우릴 병들게 했다
고개 들어 우러르는 법을
잊어버렸으니,
이 풍족한 도시에서도.

그리고 결심한다,

저기 경적소리 다가오면
내 펼친 날개,
아스팔트에
가까우니

크게 외치며
웃어볼란다.

......

오늘 집에 오는 길에
차에 치여 죽어있는 비둘기를 봤다

피칠갑한 몸뚱아린 나뒹굴고,
깃털은
여기저기
바람에 흩날리던.

날고 싶다 생각해본 적 있다,
며칠 동안 비가 왔고

오가는 바퀴들이나
어떤 미화부의 빗쓸림에
깨끗해진

아스팔트...그 곳에서

올려다보면
저 하늘 속엔 역시 푸르름만
가깝구나

― 긴 비

맑은 날이 계속되는 걸
청하는 이름은 없다

비가 며칠이고 연이어 내리는 예보,
우리는 그걸 장마라 부른다

그 때가 되면
사람들은 주로 집에서 지내며
창가에 귀를 기울이고,
기름진 음식을 먹으며 사색에 잠기다
우울에 젖고는 한다.

거리는 골목에서부터 얕은 강처럼
도심지에 만나
기약 없는 이들은 우산에 기대며
흘러가는데,

도시나 시골의 논밭이고 숲, 심지어

바다마저

스며들어

그 본디 색들을 선명하거나

희미하게 만들어버려

지금 이 세상엔 물의 가곡만이

들리는 듯하다

멈출듯 퍼붓듯

끊임없이 변주하는

또 하나의 계절을.

— 신세계

내가 창 밖의 나무를 보고,
그러면 나무도 나를 보는진
모르지만 창은 말이 없고,

창에게 베일 순 있으나 내가
나무에게 간적은 없는데
나무는 내게 말을 걸고,

나무는 창을 보며 나를
그려보고
그런 나는
나무를 보다 문득
창을 생각하곤 하고.

그러다 세로로 보면
모두 창에 끼여
입체 도형처럼,

다시 가로론
서로 끼인 적 없는
세가지 세계.
미칠듯한 칸막이들에 사로잡힌
한가지 경계.

창이 우릴 보고 묻는다
너는 무얼 보고 있는가
나는 나의 눈을
단 한 번도 본 적 없으며
남의 눈만 비추며
깨어졌노라고

이제
나무는 흘러내리고 눈의
가지는 뻗어나가는 시간,

세상에 없는 창.

5부

노을

'노을' : 해가 뜨거나 질 무렵에,

하늘이 햇빛에 물들어 벌겋게 보이는 현상.

이라는 뜻으로 사전에 명명되어있습니다.

위처럼

희미해지는 것들,

사라지는 것들.

그래서 더 떠오르는 것들에 붙인 이름입니다.

— 목욕탕 소리

아빠는 이상해

어지럽다면서 사우나인가 하는데엔
왜 들어갈까
얼굴이 빨개질때까지 말야

때타올인가 하는 것도 그래
살살 좀 해
아
아퍼, 피 난다고!

온탕은
엄청, 무지무지 뜨거운데도
시원하다고 거짓말만 하는걸 보면
여기 다른 아저씨들도
좀 이상한 것 같애

그래 뭐니뭐니해도 목욕탕은
다 끝나고 먹는 딸기 우유맛이지!

막둥아
집에 가자 인제

(.....)
그리고 20년 후,

이젠 그 궁금증에
나 혼자 답을 해줄 수 있을 즈음

목욕탕 가는 길
자전거 페달 밟는 소리
또
거기 가면 들리던
김 속에 울리는 떠들썩한 소리도,

무감각히 듣는건

목욕탕이 점점 사라지기 때문일까

또는
어린 내가
사우나쟁이가 되어도
밀어줄 등이 없기 때문에?

그 것도 아니면
우유 맛을
너무 알아버렸기 때문에..

그래서 나는 그 아이에게
묻고만 싶다

이게 비록
되돌려 받지 못할 편지가 된다 해도,
내게 메아리를 치듯이.

— 무단횡단

우린 살기위해
규칙을 정하고,
편하기 위해 규칙을 깬다.

누군가가
아직 살아있다는 건
장애물들이 신호를 따랐거나
아니면 우리가 피했거나
둘 중 하나인 것이다.

대체 어디로 가려고 우린
어겨야만 했나

어떤 이들은 무사히?
건너기도 하고
어떤 이들은 운명에
치이기도 한다,

그럼 우리들은 그들을
먼저 갔다고 하기도 하고
못 건넜다고도 말하며
결국엔 같은 곳엘 간 거라고
얘기 한다
언제 왜 건너야하는 건지도
모르는 채.

과정만 산다.
난 것과 길 끝의 질문만
남겨두고

누구나 죽음을 안다.
그러나 죽기보다 사는 게 편하기 위해
항상 망각할 뿐.

운명의 도로에 뛰어든다.
과거들이 뒤따른다.

그런데 과거는 한 번 죽었다.

— 아버지의 아들

아버지는 떠났다
어디로 간다는 말도 없이
돌아올 곳을
남겨두지 않은 채로.

차가운 냄새, 굳은 몸
무거운 무의 무게

유년은 이유를 묻지 못했고,

부재는 자식을 길렀다.
그러니 소년이 사는 동안
그도 살아갈 것이다.
희미했으나 또렷해지면서.

그는 날 잊었을지 몰라도
나는 그를 잊고 싶다

— **파랑새**

우리는 울고 싶을 때
슬픈 표정을 짓고
자야할 때
두 눈 감아 청해보지만,
행복은 어떻게 찾아야하나

살며 조금 더 웃어보고,
두 팔 벌려 반겨보면
곁에 둘 순 없을까

아니야
역시 그럴 수는 없겠지

그러니, 새장 문을 열어두자

우리네 철새길 위로
희망은 텃새처럼
그 안에
머물다가라고.

― 골목길

저 구둣발의 소실점은
어디서 만나려나

어떤 것들은
저절로 외워지는데
왜 너는
쓸수록 잊혀짐만 더해가는지

어째 돌아보는 사람은
목이 좀 아프구나
지금의 내가
다시 그리워질 모습을 하고선,

배웅하는 추억이여.

― 두 사람

버스 건너편 옆 자리,
어느 노파가
차창 밖을 응시한다.
젊음을 담은 빈 페트병,
세월이 쓰다듬다간 손,
남루한
하지만 고루하지 않은 행색은
그 차창에 비친 눈마저
무색케 하진 못했음이라
나는 그 젊은 날의 소녀를 응시하고
풍경은 우릴 더욱 관조한다.

― 바람 장례

내가 죽은 뒤에,
머리맡으로 눈발은 하얗게 서리고
먼지들 켜켜이
버들 잎 아래 쌓이겠지

한 사람을 지우는 무정에
생의 경력이거든
흰 가루 되어

고요히
영원 속으로 날아간다네

— 앨범

펼쳐보면
웃지 않을 추억이 하나도 없어요

이 낡은 책 속에
향수라도 뿌린 걸까요
울음이 발효된 건 아닐는지
싶기도 하련만

지금 울고 있는 나를
시간이 찍어준다면
그래준다면
울렸던 것들과 후일의 나에게
웃음 짓는 편집도
부탁해도 될까요?

사진 말고 나에요 나.

당신의 현상소에서

─ 레퀴엠

한 음악가가 죽었다
그것도 일찍, 요절.
나무랄 데 없이, 깨끗이.

자신의 죽음을 작곡한 적 없이
그저 온 몸의 힘이 빠져나갈 때까지
생을 지휘했을 뿐.

우린 그걸 봤다
신이 있다면
마땅히 그의 모습이었을 것 같았다
그렇게 믿고 싶었다
그래서 더 슬펐다
죽은 신을 노래해본 적은 없어서
더욱이 그가 없는 장에서는.

유별났던 정열,
불길의 잘못이
그로 정해
못내 태웠던가
싸늘한 주검 앞에
내상의 흔적 알길 없지만,

재능이 길어서 생이 짧았다.
아니면 죽음에도 재능이 있었거나

아— 어찌됐든 그는
죽어서도 우릴 지휘했다
이제 정말
지하 연단서 내려다본
체구만한, 자신의,

몇 피트 하늘을 악보로 놓여져
이 땅이 연주케.

안단테
또한, 크레셴도!

6부

자투리 글

여섯 번째이자

마지막인 '자투리 글'에서는

별책 부록,

저 혼자 버리기엔 괜히 아쉬운,

그렇다고 여운을 늘려보기엔

별 볼 일 없는 혼잣말들로

끄적이고 싶었습니다.

— 무제

불 꺼진 골방에 홀로 누워
건넛방의 불빛으로만
낮과 밤을 생각한다

의무에 이끌려
추억도 없이 사람들을
썼다 지웠다가 하는 동안
바람 소리 창문을 두드리고

예감처럼 불을 켜면

담배를 피우진 않지만
무언가를
한 모금 태우고 싶었던.

─ 창

비 내리는 섬에 갇혀
젖은 조각배 하나
바라보는 일.

못난 마음들 담겨
호수는 이다지도 일렁이는 것일까

비가 그친 줄도 모르고
우산을 펴고 다니는
사람들처럼,
그게 나였었나

이 밤이 다치지 않게
했던 일.

— **고해**

용서하세요
용서하세요
아니 용서하지 마세요

모르겠습니다...

왜 착하면 상을 받고,
나쁜 짓을 하면 벌을 받는다는 말이

그저 그런 옛 이야기처럼 들리는지를요

선량할수록 가난하다는,
악한만큼 잘산다는 말.

그 마디들에
침묵하고,
수긍하며

오히려 부르짖는지를 말입니까

말미암아 저는 종교가 없지만
바랍니다

성공은 선악과 가히 없어도
두 갈래 길을 걸은 이에겐

목 놓아 울어주는 사람 곁이나

지독하게
차디찬,
외로움이
함께해달라고

소망하며
저주했습니다!

잠깐 불다가 흩어져버릴
그런 바람말고,

동화지만,

믿어도 되는 전설같이요..

— 투영

근데 길가에 간판들을 보면
왠지 쓸쓸해지지 않아?

여길 좀 봐달라고 애원하는 주인의
마음이 걸려있는 것 같아

그리고 나는 그걸 외면해야하는데
쓸쓸해라도 하지 않으면 괜히
미안한 마음이 들거든

이렇게 글을 쓰면
혼자 간직하지 않고 보여주는 일도,

같은 이유처럼 느껴지게 하니까 말이야

너는 그래본 적 없어?

— 악취

볼 수 없어 맡는다면,
찾을 수 있나요 당신.

개가 될 수 없는 나는
평생을 헐떡이며,

추억만 내 코 끝에.

---

*   친구의 글을 모티브로 전환해 본 시입니다.
      박선규, "당신을 생각하는 개인적인 이유"

      이름을 내건 첫 시집이니 제 작품만 실려야 한다는 그의 배려 섞인 의
      견에 따라 원글은 올리지 않았습니다. 이 점 양해 바랍니다.

— 액자

싫었습니다

영혼이 빠져나간다 믿은 옛 이야기 때문도 아니고,

병 속의 범선마냥
가두기 위한 배인 채로
항해하긴 싫었습니다

제가 아파서 울거나 슬퍼할 때도
사람들은 당신 앞에선 어른처럼
웃어 보이길 기대했습니다
미소라도 지어라,
왜 찡그리고 있냐면서
아기가 태어나 소리치며 울 때
그 주변은 환해지던 것과 달리 말이죠,

하지만,
분명 피할 수 없는 자리는 옵니다
카메라를.
전 풍경들을 눈으로 더 자세히 보고
마음 속에 인화하고 싶지만,
남는 건 결국 사진 뿐이다..

네 지금입니다.
저를 깨워 그럴듯한 옷을 입히고,
담담히 무대 위에 떠밉니다

이제 하나 둘 셋 하면
배우는
거기 서서
포즈를 잡고
입꼬리를 올려야겠지요
아무렇지도 않게

들키지 않길 바라면서,
아니 알아주길 바라면서요

그 곳엔 정말
내가 있을 겁니다.

* 두서없지만 아래 시는, 조선시대 의병들과 곽재우 장군님을 기리는 문학공모전에 보냈었던 글입니다.

─ 서풍 속에 칼을 차고

달밤은 모르는가
겨우내 진동하던 붉은 울음 뒤로하고
무상한듯 호젓이 산마루에 걸리었나

여기 조선의 진영 가운데는
통곡보다 뜨거운 결기들로
깃 끝에 서려있거늘
내 어찌 한가로이 먹 대신
칼집을 가다듬지 않겠는가

지금도 아득히
왜적의 총성은 그치지 않으매,
도포를 두르다 이 한 몸
백마 위에 적신다해도

등불로 낙마할
그 붉은 활자,
한낮의 태양처럼 쉬이
꺼뜨리진 못하리라

─ 열두 달 열두 시

1

꼭지를 떼면 마르기 시작하는 과일처럼

2

이름 가진 누군가가 버린
이름 없는 꽁초들.

_겨울

3

발라드,
저기 먼발치서 비를 맞는 내 사랑 일.

4

거미줄엔 거미만 안전하다

5

진실된 펜은
기교의 칼을 베어버린다

_봄

6

여름날 홀로 불 꺼진 방의 선풍기처럼
바람 한 점 없는 방, 비닐의 바스락거림.

7

파도는 물의 에스컬레이터

8

강이 바다를 향하듯
네게로 흘러가고 싶다,
한없이.

_여름

9

너의 마음은 가을이 되고
내 사랑엔 단풍이 든다

10

희망엔 먼지가 쌓이곤 한다

그러니 괜찮다
가끔 털어주면
언제 그랬냐는 듯 반짝일 테니까.

11

너의 이름만 불렀다
사전에도 없는 그 뜻을
아직 찾고 있는 중이다.

_가을

12

자유에 갇히고 싶다,

1부터 다시.

_그리고 겨울

* 옴니버스 형식의 실험 시입니다.

― 모순

나이따져 대접받고
늙다하면 청춘이래

누굴닮아 공부못해
등본떼니 알것같네

올해도또 불경기래
호경기가 있긴한가

까맣다고 놀리고선
벗으니까 존경한대

싸우랄땐 가만있다
말리니까 싸운다네

내입맛에 사는인생
사람많은 맛집가세

공부하나 안했다며
구십오점 웬말인가

야동따위 절대안봐
컴퓨터앞 두루마리

많이쓰고 많이읽어
글쓰기는 재능이지

안먹는다 해놓고선
한젓가락 다처먹네

* 포스터 글귀 형식으로 한번 써봤습니다.

― 인연

한 사람을 추억하게 되면
모든 이를 만나게 된다
그리운 나와 그리는 당신과
그리울 그 때가.

— 작곡가 전봇대

골목길마다 늘어선
오선지 아래엔
저마다의 음계로 걷는
사람들이 있고,

새벽녘엔 그 위로
검은 줄기 걸린 이슬들이
맺혔다 떨구는 아롱짐.

볕에 내다 말려 손 타지 않아도
오가는 바람에
아스라이 지워지는

얼룩들,
먼지들.

그러다가 다시 비가 오면,
물기가 필요한 이의 어깨에
내려 앉아
두드려주고
작은 호수의 떨림이
되어주고.

정작 서로 기댈 수 없이
혼자가 편한 돌나무야.
오지 않을걸 기다리다
거기 서서 굳어버렸는지,

하지만
돌나무야.
그 끝도 없는 가지들 중에
나는 어디쯤 허둥대고 있나
말해줄 순 없겠니,

어쩌면 내 뒷머리,

그 작은 음표 하나가

너를

꽃 피울 수도 있을 것 같은데 말이지

사랑해요...
말에 몸살이 나
추스를 수 없을만큼

초판 1쇄 발행   2023. 8. 1.

지은이   장정환
펴낸이   김병호
펴낸곳   주식회사 바른북스

편집진행   황금주
디자인   양헌경

등록   2019년 4월 3일 제2019-000040호
주소   서울시 성동구 연무장5길 9-16, 301호 (성수동2가, 블루스톤타워)
대표전화   070-7857-9719 | **경영지원**   02-3409-9719 | **팩스**   070-7610-9820

•바른북스는 여러분의 다양한 아이디어와 원고 투고를 설레는 마음으로 기다리고 있습니다.

이메일   barunbooks21@naver.com | **원고투고**   barunbooks21@naver.com
홈페이지   www.barunbooks.com | **공식 블로그**   blog.naver.com/barunbooks7
공식 포스트   post.naver.com/barunbooks7 | **페이스북**   facebook.com/barunbooks7

ⓒ 장정환, 2023
ISBN 979-11-93127-83-4 03810

•파본이나 잘못된 책은 구입하신 곳에서 교환해드립니다.
•이 책은 저작권법에 따라 보호를 받는 저작물이므로 무단전재 및 복제를 금지하며,
 이 책 내용의 전부 및 일부를 이용하려면 반드시 저작권자와 도서출판 바른북스의 서면동의를 받아야 합니다.